雅歌译丛

卢齐安·布拉加诗选

深处的镜子

Oglinda din adânc

〔罗马尼亚〕

卢齐安·布拉加
Lucian Blaga
著

高兴
译

山东文艺出版社

他一生都在聆听村庄的心跳
——阅读布拉加（代译序）

我向来以为，阅读需要适当的时间、气候、环境，和心情。比如，阅读布拉加，就最好在晴朗的夜晚，在看得见星星的地方，在宁静笼罩着世界和心灵的时刻。

倘若能够来到村庄，那就更好了。村庄，那里有永恒和神秘的源头。瞧，布拉加早就发出了邀约：

孩子，把手放在我的膝上。

我想永恒诞生于村庄。

这里每个思想都更加沉静，

心脏跳动得更加缓慢，

仿佛它不在你的胸腔，

而在深深的地底。

这里，拯救的渴望得到痊愈，

倘若你的双足流血，

你可以坐在田埂上。

瞧，夜幕降临。

村庄的心在我们身旁震颤，

就像割下的青草怯怯的气息，

就像茅屋檐下飘出的缕缕炊烟，

就像小羊羔在高高的坟墓上舞蹈嬉戏。

(《村庄的心》)

对布拉加来说，村庄是根，是基本背景，是灵魂，是凝望世界最好的窗口，同时它还是治愈者和拯救者。这显然同他的出生地点和生长环境有着紧密的关联。我们有必要稍稍来了解一下布拉加的人生轨迹。

卢齐安·布拉加（Lucian Blaga，1895—1961）是罗马尼亚文学史上罕见的集哲学家、诗人、剧作家、美学家、外交家于一身的杰出文化人物。他1895年5月9日出生于当时尚处奥匈帝国统治下的阿尔巴尤利亚市①让克勒姆村。父亲是一名东正教乡村牧师，通晓德语，热爱德语文化。母亲是一位普通的农家女。耐人寻味的是，布拉加出生后一直保持缄默，直到四岁才开口说话。这极像某种人生隐喻。后来，有人问他为何迟迟不开口说话时，他的回答是害怕说错话。在塞贝希上小学时，他接受的是匈牙利语教育，同时跟着父亲学会了德语，并且很小就开始阅读德文哲学著作。十三岁时，布拉加失去了父亲。在此情形下，母亲将他送到布拉索夫，他在亲戚约瑟夫·布拉加的监护下，继续上中学。约瑟夫·布拉加写过戏剧理论专著，对布拉加的兴趣培养和人生走向肯定有所影响。第一次世界大战爆发时，为躲避兵役和死神，布拉加进入锡比乌大学

---

① 阿尔巴尤利亚市，罗马尼亚中部城市，是阿尔巴县首府，历史上曾为特兰西瓦尼亚地区首府。

攻读神学，1917年毕业后，又紧接着前往维也纳大学专攻哲学，并于1920年获得哲学博士学位。"一战"结束后，布拉加家乡所在的特兰西瓦尼亚地区回归罗马尼亚。布拉加学成后回到祖国，回到家乡，有一段时间，他担任杂志编辑，并为各类刊物撰稿。他最大的愿望是到大学任教，但最初求职未果。1926年，布拉加进入罗马尼亚外交界，先后在罗马尼亚驻华沙、布拉格、里斯本、伯尔尼和维也纳使领馆任职，担任过文化参赞和特命全权公使。他的政治庇护人是声名显赫的罗马尼亚政治家和诗人奥克塔维安·戈加。事实上，戈加同布拉加夫人有亲戚关系，并一度担任过罗马尼亚首相，他特别欣赏布拉加的才华，十分愿意重用布拉加，但布拉加的兴致一直在文化哲学和文学创作上。1936年，布拉加当选为罗马尼亚科学院院士，发表了题为《罗马尼亚乡村礼赞》的演讲词。1939年，布拉加终于如愿以偿，来到克卢日大学，创办文化哲学教研室，成为文化哲学教授。1948年，由于拒绝表示对当局的支持，布拉加失去教授职务，并被禁止发表任何作品。为谋生计，他不得不当起了图书管理员。1956年，流亡巴黎的罗马尼亚文学史家巴西尔·蒙特亚努和意大利学者、爱明内斯库专家罗莎·德·贡戴提名布拉加为诺贝尔文学奖候选人，遭到罗马尼亚政府抗议。1961年5月6日，布拉加含冤离世，5月9日，就在他生日那天，几位亲友将他的遗体安葬在让克勒姆乡村墓地。走了一大圈，布拉加最终永远回到了乡村。

可以说，对卢齐安·布拉加来讲，无论在心灵意义上，还是在创作意义上，乡村都既是他的起点，又是他的归宿。童年和少年，在乡村，一边读着文学作品，一边望着田野和天空，视野变得辽阔，和世界的交流也就成为一件自然而然的事。兴许是深奥而又神秘的天空的缘故，加上父亲的感染，他几乎在迷恋文学的同时，又迷恋上了神学和哲学。当他从维也纳学成归来时，既带着博士论文，也带着自己的诗稿《光明诗篇》。而他把这些成就统统归功于乡村。他在当选为罗马尼亚科学院院士时发表的演讲词就以乡村为主题，毫无保留地赞美乡村。他说乡村既是他的生活空间，也是他的精神空间。乡村如同神话空间，有着丰富性、多元性、天然性、自由性、神圣性和无限性。这里宁静、缓慢，适合思想、观察和感受，正是永恒和价值理想的诞生地。罗马尼亚出色的民谣《小羊羔》《工匠马诺莱》，还有多姿多彩的多伊娜民歌都是在乡村孕育而生的。他本人就是从乡村走出来的诗人和哲学家。以乡村为坐标，我们或许更能贴近他的作品。

布拉加上大学时开始诗歌写作。1919年，处女诗集《光明诗篇》甫一出版，便受到罗马尼亚文学界瞩目，并获得罗马尼亚科学院大奖。接着，他又先后推出了《先知的脚步》（1921）、《伟大的过渡》（1924）、《睡眠颂歌》（1929）、《分水岭》（1933）、《在思念的庭院》（1938）和《坚实的台阶》（1943）等诗集。后来虽被禁止发表作品，他却一直没有停止诗歌写作，即便在最灰暗最困厄的时期，依然怀着童真般的创作热情。能否发表于他已不重要，关键在于写，在于表达，为诗歌，更为内心。在他离世后，他的女儿朵丽尔·布拉加历经艰辛，整理出版了他创作于20世纪四五十年代的《火焰之歌》（1945—1957）、《独角兽听见了什么》（1957—1959）、《运送灰烬的帆船》（1959）和《神奇的种子》（1960）等四部诗集。除诗歌外，他还创作出版了《工匠马诺莱》（1927）、《诺亚方舟》（1944）等八部剧本，以及大量的哲学和理论著作，其中最具代表性的是他的文化哲学四部曲《认识论》（1943）、《文化论》（1944）、《价值论》（1946）和身后出版的《宇宙论》（1983）。在布拉加的所有成就中，他的诗歌成就最为人津津乐道。

在罗马尼亚，人们处处能听到他的诗歌声音，感受到他的不朽存在。那是2001年5月，我应邀来到罗马尼亚北方重镇克卢日，参加卢齐安·布拉加诗歌节，还有幸见到了布拉加的女儿朵丽尔。朵丽尔听说我翻译了不少布拉加的诗歌时，露出了欣慰的笑容。克卢日是一座异常整洁和安静的城市，几座宏伟的教堂让这座城市有了精神。布拉加曾在这里生活了许多年。

在克卢日国家剧院的门前，我看到了布拉加的雕像，大得超乎想象，如一个巨人。他低着头，望着地面，像在沉思，又像在探寻。这是栩栩如生的诗人哲学家的形象，我不由得想。无论作为诗人，还是哲学家，宇宙的奥妙都始终是布拉加的内心动力和写作灵感。

我不践踏世界的美妙花冠，

也不用思想扼杀

我在道路上、花丛中、眼睛里、

嘴唇上或墓地旁

遇见的形形色色的秘密。

他人的光

窒息了隐藏于黑暗深处的

未被揭示的魔力，

而我，

我却用光扩展世界的奥妙——

恰似月亮用洁白的光芒

颤悠悠地增加

而不是缩小夜的神秘。

就这样带着面对神圣奥妙的深深的战栗，

我丰富了黑暗的天际，

在我的眼里

所有未被理喻的事物

变得更加神奇——

因为花朵、眼睛、嘴唇和坟墓

我都爱。

（《我不践踏世界的美妙花冠》）

　　一颗谦卑的心灵，面对奇妙的世界，充满了爱和敬畏，这是布拉加的姿态。在他的沉思和探寻中，我听到了神性的轻声呼唤。那神性既在无限的宇宙，也在无限的心灵。

在罗马尼亚人的眼里，布拉加就是这么一个谦卑而又伟大的文化巨人。每年的 5 月 9 日是布拉加的诞辰，无数罗马尼亚作家、诗人和学者都会从各地赶到克卢日，以研讨和朗诵的形式，纪念这位诗人和哲学家。

当诗人同时又是哲学家时，往往会出现一种危险：他的诗作很容易成为某种图解，很容易充满说教。布拉加对此始终保持着一份清醒的警惕。他明白诗歌处理现实的方式不同于哲学处理现实的方式。"哲学意图成为启示，可最终变成创作。诗歌渴望成为创作，但最后变成启示。哲学抱负极大，却实现较少。诗歌意图谦卑，但成果超越。"他曾不无风趣地写道。但诗歌和哲学又不是截然对立的，它们完全有可能相互补充，相互增色。布拉加就巧妙地将诗歌和哲学融合在了一起。这简直就是感性和理性的妥协和互补。他的诗作在某种意义上正是他哲学思想的"诗化"，但完全是以诗歌方式所实现的"诗化"。他认为宇宙和存在是一座硕大无比的仓库，储存着无穷无尽的神秘莫测而又富于启示的征象和符号，世界的奥妙正在于此。哲学的任务是一步步地揭开神秘的面纱，而诗歌的使命则是不断地扩大神秘，聆听神秘。于是，认知和神秘，词语和沉默，这既相互对立又彼此依赖的两极，便构成了布拉加诗歌中特有的张力。

面带大胆的微笑我凝望着自己，

把心捧在了手中。

然后，颤悠悠地

将这珍宝紧紧贴在耳边谛听。

我仿佛觉得
手中握着一枚贝壳,
里面回荡着
一片陌生的大海
深远而又难解的声响。

哦,何时我才能抵达,
才能抵达
那片大海的岸边,
那片今天我依然感觉
却无法看见的大海的岸边?

(《贝壳》)

聆听,并渴望抵达,渴望认知,却又难以抵达,无法认知,我们仿佛看到诗人布拉加紧紧握住了哲学家布拉加的手。但哲学和诗歌的联姻十分微妙,需要精心对待,因为布拉加发现:"在哲学和诗歌之间,存在着一种择亲和势,但也有着巨大分歧。哲学之不精确性和诗歌之精确性结合起来,会组成一个美满的家庭,产生出一种超感觉的上乘诗作。可是,哲学之精确性和诗歌之不精确性混为一道,则会组成一个糟糕的家庭。所谓哲学诗、教育诗和演讲诗都是基于后面这种婚姻之上的。"有时,为了保护诗艺,就得用上另一件利器,这就是布拉加时常强调同时也不断运用的诗歌秘密："人们说诗歌是一种语言的艺术。不错！但诗歌同时又是一种无言的艺术。确实，沉默在诗歌中应当处处出现，犹如死亡在生命中时时存在一样。"也正因如此，布拉加给自己描绘了这样一幅自画像：

卢齐安·布拉加静默，一如天鹅。

在他的祖国，

宇宙之雪替代词语。

他的灵魂时刻

都在寻找，

默默地、持久地寻找，

一直寻找到最遥远的疆界。

他寻找彩虹畅饮的水。

他寻找

可以让彩虹

畅饮美和虚无的水。

(《自画像》)

虽然诗人"静默，一如天鹅"，但他的心却怀着认知的渴望，始终在"默默地、持久地寻找，／一直寻找到最遥远的疆界"。这其实也是布拉加一生的寻找和追求，他坚信，诗人之路就该是一条不断接近源泉的路。或者，换言之，他给诗歌下的定义之一是："一道被驯服的涌泉"。

罗马尼亚文学史家罗穆尔·蒙特亚努说得更加明白："无论从高处看，还是从低处看，无论向里看，还是往外看，世界对于卢齐安·布拉加都好似一本有待解读的巨大的书，好似一片有待破译的充满各色符号的无垠的原野"，因此，布拉加总是努力地"将一种语言转换成另一种语言"，"将一个代码转换成另一个代码"，同样因此，在布拉加看来，"任何书都是种被征服的病"。蒙特亚努认为，有三种诗人：一种诗人创作诗歌，另一种诗人制作诗歌，还有一种诗人秘密化诗歌。而布拉加无疑属于最后一种诗人。

没错，布拉加的诗歌总是散发出浓郁的神秘主义气息。他坚信，万物均具有某种意味，均为某种征兆。诗人同世界的默契是：既要努力去发现世界隐藏的奥妙，又要通过诗歌去保护和扩展世界的神秘。在他的笔下，"光明"象征生命和透明，"黑暗"象征朦胧和宁静，"花冠"象征存在，"风"代表摧毁者或预言者，"水"象征纯洁，有时也象征流逝，"黑色的水"象征死亡，"血"是液体的存在，象征着生命、祖传、活力、奉献和牺牲，"泪"意味着忧伤、温柔、回忆、思念和释放，"大地"确保人类存在的两面：精神和物质，本质和形式，持续和流逝，词语和沉默……"雨"则是忧郁和悲伤的源泉。而当"雨"变成"泪一般流淌不息的雨滴"时，就已然成为忧郁本身了：

流浪的风擦着窗上

冷冰冰的泪。雨在飘落。

莫名的惆怅阵阵袭来，

但所有我感到的痛苦

不在心田，

不在胸膛，

而在那流淌不息的雨滴里。

嫁接在我生命中的无垠的世界

用秋天和秋天的夜晚

伤口般刺痛着我。

白云晃着丰满的乳房向山中飞去。

而雨在飘落。

(《忧郁》)

需要强调的是，在布拉加的诗歌中，这些意味并不是固定不变的，有时也会随着心境、语境和环境的变化而有所变化。

布拉加的诗歌还明显地带有一丝表现主义色彩：注重表现内心情感，充满灵魂意识，力图呈现永恒，讴歌乡村，排斥城市，向往宁静和从容。但不同于典型的表现主义作品的是，他的诗歌神秘却又透明，基本上没有荒诞、扭曲、变形和阴沉的元素，语调有时甚至是欢欣的，时常还有纯真和唯美的韵味。他不少诗歌中对美的敏感和迷恋就给读者留下深刻的印象，比如那组《美丽女孩四行诗》：

二

一个美丽女孩

是一扇朝向天堂敞开的窗户。

有时，梦

比真理更加真实。

二

一个美丽女孩

是填满模具的陶土，

即将完成，呈现于台阶，

那里，传奇正在等候。

四

多么纯洁，一个女孩

投向光中的影子！

纯洁，犹如虚无，

世上唯一无瑕的事物。

……

(《美丽女孩四行诗》)

作为哲学家-诗人，布拉加的目光敏锐而深邃。他很善于抓住事物的本质，然后再用形象的语言表达出来。短诗《三种面孔》就生动地道出了人生三个不同阶段的特质，在某种程度上，也预言了他自己的命运：

儿童欢笑：

"我的智慧和爱是游戏！"

青年歌唱：

"我的游戏和智慧是爱！"

老人沉默：

"我的爱和游戏是智慧！"

(《三种面孔》)

在生命最后的十余年里，他真的沉默了，尽管那时，他在哲学、诗歌、美学、戏剧等诸多领域都已取得非凡的成就。失去了讲坛，失去了言说和发表的权利，失去了同读者交流的平台，他只能"像天鹅一样地静默了"。事实上，他并没有完全静默。据罗马尼亚文学评论家阿莱克斯·斯特凡内斯库描述，在最后的岁月里，他依然在写诗歌，在翻译歌德的《浮士德》，在整理和编辑自己的作品。一个坚信永恒价值的哲人和诗人怎么可能说放弃就放弃了呢？！面对艰难，面对困厄，他似乎早就做好了心理准备：

不容易的还有那歌声。昼

与夜——世上的一切都不容易：

露是通宵歌唱的夜莺

因疲劳而流下的汗。

(《四行诗》)

但作为诗人，布拉加明白，他"属于独立的民族"，属于将言说和沉默融为一体的异类，诗人的使命就是要

"效忠于一门早已失传的语言"：

不要惊奇。诗人，所有的诗人属于
独立的民族，绵延不断，永不分离。
言说时，他们沉默。千百年来，生死交替。
歌唱着，依然效忠于一门早已失传的语言。

深深地，通过那些生生不息的种子，
他们常常来来往往，在心的道路上。
面对音和词，他们会疏远，会竞争。
而没有说出的一切同样会让他们如此。

他们沉默，如露水。如种子。如云朵。
如田野下流动的溪水，他们沉默着，
随后，伴随着夜莺的歌声，他们又
变成森林中的源泉，淙淙作响的源泉。

(《诗人》)

让我们感到宽慰的是，布拉加逝世几年后，尤其在1965年后，他为罗马尼亚文化所做出的卓越贡献得到公认。禁令废除，他的作品再度出现在罗马尼亚公众视野。罗马尼亚文学评论家们开始阅读和研讨布拉加诗歌，并纷纷给予高度的评价。文学评论家米·扎奇乌称赞道："继爱明内斯库之后，罗马尼亚诗歌在揭示大自然和宇宙奥秘方面之所以能获得如此广度，卢齐安·布拉加的贡献是任何两次世界大战之间的诗人无法比拟的。"罗马尼亚科学院院长、文学评论家欧金·西蒙断言:"没有任何一个两次世界大战间的诗人对后世有着像卢齐安·布拉加那样重大的影响。"确实,在斯特内斯库、索雷斯库和布兰迪亚娜等罗马尼亚当代最优秀的诗人身上,我们都能看到布拉加的影子。瞧,诗人布拉加曾经沉默,随后,真的"又变成森林中的源泉,淙淙作响的源泉"。

高 兴

2017 年 10 月 5 日于北京

目　　录

光明诗篇（1919）

003　　我不践踏世界的美妙花冠
004　　光
006　　我想舞动
007　　橡　树
009　　大　地
010　　你的长发
011　　海　边
012　　我们和大地
013　　美丽的手
014　　寂　静
016　　我等待着黄昏
017　　然而大山——它们在哪里？
018　　战　栗
019　　你没有预感到吗？
020　　天堂之光
021　　贝　壳
022　　三种面孔

023　　三　月

024　　夏　娃

025　　记忆在生长

026　　梦想者

027　　永　恒

028　　夜的源泉

029　　钟乳石

030　　高　处

031　　夜

032　　春　天

033　　思　恋

034　　你会埋怨，还是微笑？

035　　Pax　Magna

037　　忧　郁

038　　哦，秋天即将来临

039　　致星星

先知的脚步（1921）

043　　潘

045　　躁　动

046　　秋天的黄昏

047　　跟我来吧，伙伴们

049　　夏　天

050　　摇　篮

052　　一名死者的思绪

054　　麦田里

055　　修道院里

057　　香火与雪片

058　　旷野中的呼唤

060　　传　说

061　　潘之死

伟大的过渡（1924）

069　　致读者

070　　赞美诗

072　　伟大的过渡

074　　犁　铧

075　　纪念农民画匠

077　　一个人朝边界俯下身来

078　　古老事物间的寂静

079　　老修士在门槛对我低语

081　　所有日子的复活

082　　天上传来天鹅的歌声

084　　我们，患麻风病的歌者

085　书　简

087　知情者的秘密

088　手牵着伟大的盲人

090　回　忆

091　大地女儿在舞蹈

093　我懂得压迫着我的房子的罪孽了

095　村庄的心

096　最后的话

097　尾　声

睡眠颂歌（1929）

101　传　记

103　睡　眠

104　落　烟

105　圣　鸟

107　老　城

108　低下的头

109　哀　歌

110　远　景

111　出自《圣经》

113　拒　绝

115　醉人的夜晚

116　　结　局

分水岭（1933）

119　　故　乡
120　　昨日之光
121　　秋天的信号
122　　九　月
123　　病态的歌者
125　　海　滩
126　　地中海的夜晚
127　　天体触摸
128　　分水岭
129　　自深深处
130　　光明中的光明
131　　故　国
132　　向一颗星星提问

在思念的庭院（1938）

135　　公　元
136　　在祖先们身旁
137　　渡　鸦

138　　醒　来

140　　奇迹的村庄

141　　思　恋

坚实的台阶（1943）

145　　献给二〇〇〇年的歌

146　　自画像

147　　神奇的月出

148　　南　方

149　　墓志铭

150　　诗　人

火焰之歌（1945—1957）

155　　四行诗

156　　天堂里的声音

157　　春　天

159　　沉重女郎

160　　所有的道路都通向

161　　季　节

独角兽听见了什么（1957—1959）

165　独角兽听见了什么
166　诗　歌
167　诗　人
168　晦　涩
169　睡前歌
170　失　眠
171　深处的镜子
172　思念中的思念
173　美丽女孩四行诗（组诗）

运送灰烬的帆船（1959）

179　诗　人
180　夜色中的城市
182　如果我迷失
183　俄狄浦斯在斯芬克司面前
184　献给欧律狄刻的墓志铭
185　四行诗
186　起点之歌
187　睡眠之歌
188　哀悼经

189 崇高的燃烧

190 先辈们

191 深夜，什么地方还有

神奇的种子（1960）

195 在山地湖泊中间

光明诗篇

(1919)

我不践踏世界的美妙花冠

我不践踏世界的美妙花冠，
也不用思想扼杀
我在道路上、花丛中、眼睛里、
嘴唇上或墓地旁
遇见的形形色色的秘密。
他人的光
窒息了隐藏于黑暗深处的
未被揭示的魔力，
而我，
我却用光扩展世界的奥妙——
恰似月亮用洁白的光芒
颤悠悠地增加
而不是缩小夜的神秘。
就这样带着面对神圣奥妙的深深的战栗，
我丰富了黑暗的天际，
在我的眼里
所有未被理喻的事物
变得更加神奇——
因为花朵、眼睛、嘴唇和坟墓
我都爱。

光

见到你时,
我感觉到有道光涌向心间,
莫非那就是第一日
创造的光中的一缕?
那充满渴望的生命之光中的一缕?

虚无濒临死亡,
当它独自在黑暗中漂浮,当神
发出指令:
"要有光!"

刹那间
一场巨大的光的风暴
从天而降:
渴求罪孽,渴求爱恋,渴求活力,渴求热情,
渴求世界和太阳。

然而,昔日那道刺眼的
光消失在了何处?谁人知道?

那道光,当我见到你——我的美人时

涌上心头的那道光,兴许是

第一日创造的光中

最后的一缕?

我想舞动

哦,我想舞动,因为我从未舞动!
别让上帝觉得
在我心中
就像一个囚禁的奴隶——戴着镣铐。
大地,请给我翅膀:
我想成为箭,要去
穿越无限,
在我四周,我只想看到天,
头上是天,
身下也是天——
在光的波浪中点燃。
我想舞动,
闪烁着无与伦比的活力,
好让上帝在我心中自由地呼吸,
并且绝不会抱怨:
"我是囚禁的奴隶!"

橡　树

清澈的远方，我听见心跳般的钟声
从塔楼的胸口传来，
在甜蜜的回音中
我仿佛觉得
滴滴寂静，而非血液，正在我的脉管中流淌。

林子边的橡树啊，
当我在你的树荫里憩息，
享受着你那颤动的叶的抚摸时，
为何会有如此的宁静
用柔软的羽翅将我征服？

哦，谁知道呢？——兴许
过不了多久人们会用你的躯干
为我造一副棺木，
而我将在木板间品尝的
寂静
在此刻的征象中我已然感受：
我感到你的叶正滴在我的心灵——
默默地

我在倾听那副棺木,我的棺木
怎样随着点点时间
在你的身体里生长,
林子边的橡树啊。

大　地

我们仰面躺在草丛中：你和我。
蜡一般被骄阳熔化的天空
像条小河在庄稼地上方流淌。
令人压抑的静默笼罩着大地，
一道疑问在我心底油然而生。

大地什么也不
对我诉说吗？这片广阔无垠、
沉默难忍的大地，
什么也不诉说吗？

为了听清大地的声音，
我疑惑但又恭顺地将耳朵
贴在地面。这时，我听见你的心
在地下狂热地跳动。

大地在回答。

你的长发

有一回,一名智慧的僧侣对我讲起了
一块纱巾,我们无法用目光穿透
那块纱巾上处处隐藏着丝线的织网,
因而,真实的存在,一无所见。

此刻,你用长发淹没了我的
脸颊,眼睛,
沉醉于黑色而丰富的波浪
我做起了梦:
那块纱巾,将大千世界
化为神秘,就是你秀发
纺成的经书——
我惊呼着,
惊呼着,
头一回感到了
全部的魔力,包围着正在讲述的僧侣。

海　边

红藤，
绿藤窒息着狂野而有力的
枝丛中的屋子——就像珊瑚虫将战利品
紧紧夹在手臂中。
东升的太阳——在海水中洗去
长矛上的血迹，夜晚，它曾奔驰着用长矛
杀死黑夜，就像杀死一头野兽。
我
站在岸边——心灵早已飞向故乡。
它迷失在一条无尽的小路上，再也无法
返回。

我们和大地

今夜，无数颗星星坠落。
仿佛黑夜魔鬼用手抓住了大地，
朝它，就像朝层孔菌，吹出火焰，
一下子将它点燃。今夜，
无数颗星星坠落，你年轻的
巫女般的身体在我臂弯中燃烧，
恰似火祭中的火焰。

疯狂
一如火舌，我伸展着手臂，
想要融化你裸露的肩上的雪，
想要吮吸你，如饥似渴地挥霍
你的力量，血液，骄傲，春天，一切。
黎明来临，白昼将点燃黑夜，
夜之灰烬将随西风
飘逝，消散，
黎明时分，我愿我们也能化为
灰烬，
我们和——大地。

美丽的手

我预感：
美丽的手，此时，你们热情地
捧着我充满梦想的脸庞，
终有一天，你们也会
捧着我的骨灰瓮。

我梦想：
美丽的手，你们用掌心当杯盏，
盛放我的骨灰，当火热的芳唇
将骨灰吹向风中时，
你们就像一朵朵花儿，
微风会散播你们的花粉。

我哭泣：
那时，你们将依然如此年轻，美丽的手。

寂　静

周遭如此寂静，我仿佛听见
月光在怎样敲击着窗户。

胸中
一缕陌生声音醒来
一首歌在我心中歌唱着他人的思恋。

据说，那些过早死去的先辈们，
年轻的血依然在静脉里，
巨大的热情依然在血液中，
生动的阳光依然在热情里，
他们走来，
走来，在我们身上
继续过他们
没有过上的生活。

周遭如此寂静，我仿佛听见
月光在怎样敲击着窗户。

哦,谁知道——再过几个世纪,
在寂静甜美的和弦里,
在黑暗的竖琴中——你的灵魂会在
谁人的胸中,歌唱压抑的思恋
和折断的生命欢乐?谁知道?谁知道?

我等待着黄昏

我的目光沐浴在群星璀璨的天穹——
我知道我的心中同样
闪烁着许多、许多的
星星和银河,
黑暗中的奇迹。
但我看不见它们,
因为内心太多的光,
我看不见它们。
我等待着白昼消逝,
地平线关闭眼帘,
我等待着黄昏,夜晚和痛苦,
等待着天空陷入黑暗,
星星,我的星星
在我心中升起,
那些星星
至今我还从未见过。

然而大山——它们在哪里？

从永恒纯净的屋檐下，
时光垂落，犹如雨滴。
我倾听着，心灵在言说：

世界的奥秘滋养着我的成长，
命运将我的道路紧握在掌心，
无限亲吻着我的额头
在我宽阔的胸膛上，我
吮吸着来自太阳的强烈的信念。

从永恒纯净的屋檐下，
时光垂落，犹如雨滴。
我倾听着，心灵在发问：

然而大山——那些我将用信仰
移走的大山，它们在哪里？

我看不见它们，我渴望它们，
我呼唤着它们，然而——它们并不存在。

战　栗

那时，是死亡在我的床头吗？
子夜时分
当月亮向我泻下失常的光芒时，
当蝙蝠的飞翔
用黑暗的额吻着我的窗时，
我不时地感到一阵战栗，
从头一直贯穿到脚，
仿佛冷冷的手
用冰指在我的发间玩耍。

那时，是死亡在我的床头吗？
月光中
难道是她在数点着我的白发？

你没有预感到吗?

当你听见生命正在我的内心
喃喃自语,犹如湍急的源泉
在岩洞中发出阵阵的回响,
你没有预感到我的疯狂吗?

当你在我的温暖的怀抱中
瑟瑟战栗,犹如一滴露珠
与缕缕阳光相拥在一起,
你没有预感到我的火焰吗?

当我热烈地望着你内心的
深渊,并对你轻声说道:
哦,我从未见过更伟大的上帝,
你没有预感到我的爱情吗?

天堂之光

朝着太阳,我在笑!
我头脑中没有心脏,
心脏中也没有头脑。
我是多神教徒,世界令我陶醉!
然而,没有天堂的热情,
这些笑声会结果吗?
没有遭受罪孽
隐秘快感的折磨,
圣者,
这些魔力会在你唇上开花吗?
像个异端分子,我陷入沉思,
并自问:天堂之光源自何处?
我终于明白:是地狱
用火焰将它照亮!

贝　壳

面带大胆的微笑我凝望着自己,
把心捧在了手中。
然后,颤悠悠地
将这珍宝紧紧贴在耳边谛听。

我仿佛觉得
手中握着一枚贝壳,
里面回荡着
一片陌生的大海
深远而又难解的声响。

哦,何时我才能抵达,
才能抵达
那片大海的岸边,
那片今天我依然感觉
却无法看见的大海的岸边?

三种面孔

儿童欢笑：
"我的智慧和爱是游戏！"
青年歌唱：
"我的游戏和智慧是爱！"
老人沉默：
"我的爱和游戏是智慧！"

三　月

风将一束束热情的白云
纺成
长长的长长的雨丝。
轻率的雪片眼看着
就要落进泥沼，
但心有不甘，
又重新升起，
飞到树枝间去寻觅
巢穴。
风，冷冷的，
而蓓蕾，过于贪恋光，
此刻，在衣领中
竖起了耳朵。

夏　娃

当蛇将苹果递给夏娃时，
用银铃般在树叶间
回荡的声音同她说着话。
但它碰巧还向她耳语了几句，
声音低得不能再低，
说了些《圣经》上没有提到的事情。
就连上帝也没听见它到底说了些什么，
尽管他一直在旁听。
而夏娃甚至对亚当
也不愿透露。

从此，女人在眼睑下藏着一个秘密
并不时地眨着睫毛，仿佛想说
她知道一些
我们不知的事情，
一些谁都不知的事情，
包括上帝。

记忆在生长

许多许多年以前,我在一棵树的
树皮上,用细小、笨拙而又单薄的
字迹,执着地
刻上了自己的名字。
今天,我偶然发现
那些字迹极度生长——硕大无比。
就这样,孩子,你也将你的名字
切得碎碎的,碎碎的,
刻在我的心上,像个淘气鬼。
许多
许多年之后,你会看到它
长出深深的大大的字迹。

梦想者

一只蜘蛛
悬吊于空中,树枝间,
在蛛网中摇摆。
月光
将它从睡梦中唤醒。
什么在跳动?它梦见
月光是它的蛛丝,此刻
它正试图借助光束
朝着天空攀登。
这位勇敢者一路挣扎,
跳跃。
我真担心
它会坠落——梦想者。

永　恒

满心迷惑，你寻找它，在黑暗中摸索，
嗅闻它在你内心的踪迹，或谢天谢地，
热忱已在未来的日子里预感到它，
而在往昔的夜晚，顺从早已将它找见。
漆黑中，一条神秘的纱巾隐藏着永恒。
无人，无人看到它——
可人人都能发现它，
一如我在黑暗中贴近你的芳唇，
我的爱，当子夜时分，我们轻轻地
悄悄地说着关涉生命含义的豪言壮语时。

夜的源泉

美人,
你的眼睛如此黑亮,以至于晚上
躺在你裙下时,
我仿佛觉得
你幽深的眼睛就是源泉,
夜,从那里神奇地流过谷地,
流过山峦,流过平原,
并用大海般的黑暗
笼罩大地。
如此黑亮,你的眼睛,
我的光。

钟乳石

沉默是我的精灵——
我木然静坐
像个石制的苦行僧,
我仿佛觉得
自己是一座巨大岩洞里的钟乳石,
洞顶是天空。

款款地
款款地
款款地——一滴滴阳光
一缕缕静谧——不断地
从空中飘落
并在我心中——石化。

高　处

山峰上。
高处。只有我们俩。
同你在一起时，
我感到离天很近，
近得难以言说，
近得使我觉得
如果站在地平线上
呼唤——你的名字——
我将会听到
苍穹射出的回声。
只有我们俩。
高处。

夜

月亮上,葡萄酒杯在夜的银辉中
忽然闪现,犹如野兽的眼睛,
你,面带迷人的微笑,搜寻着我
所有蜂拥般的
再也无法安宁的激情。
在地平线清澈的庇护下,
你望着我,以胜利者的神情,
我的眼中映照出你,
辉煌,骄傲,充满了野性。
而我,缓缓地,极其缓缓地
闭上眼帘,以便
悄悄地拥抱
我眼中你的形象,
你的微笑,你的爱和光——
月亮上,葡萄酒杯在夜的银辉中
忽然闪现,犹如野兽的眼睛。

春　天

梦幻般,风用长长的手指穿过
树枝,蜘蛛网上,那可怜者
歌唱着,仿佛在演奏竖琴。

你的额头上,白色的玫瑰睁开
薄薄的眼帘,脆弱
犹如某些隐秘预感的战栗,
因为不安而瑟瑟发抖,那不安
正在罪愆中活泼、热烈地嬉戏。

贪婪,饥渴,我的眼睛呼唤着,
永不厌倦地呼唤着
你的眼睛——两把火镰——
熠熠生辉,像你的孩子,
我绝对看不到阴影。

思　恋

我渴饮着你的芬芳,用双手捧住
你的脸颊,就像用心
捧住一个奇迹。
我们相互凝望,亲密将我们点燃。
可你依然低语:"我是那么想你!"
你说得如此神秘,充满渴望,仿佛
我正在另一片国度漂泊。

女人,
你是谁?你有着怎样宽阔的心扉?
再为我唱一曲你的思恋吧,
倾听着你,
时光好似变成一颗颗饱满的蓓蕾,
在瞬间就开放出一朵朵——永恒。

你会埋怨,还是微笑?

我
并不后悔
心灵上淤积了层层污泥——
但我想着你。
早晨
将用光的爪子杀死你的梦,
我的心灵如此纯洁,
仿佛你正思念着它,
仿佛你爱的心灵正信任着它。
那时,你会埋怨,还是宽宥?
你会埋怨,还是笑对
那晨光,
晨光中,我会告诉你,没有丝毫的悔恨:
"你不知道吗,
睡莲,恰恰生长于淤积着污泥的湖底?"

Pax　　Magna[①]

为何在炽热的夏晨,

我感到神性在大地上,并跪在

自己面前,就像跪在一尊偶像前?

为何在光的海洋中,自我被淹没,

就像火炬的火苗淹没在熊熊火焰中?

为何在深沉的冬夜,

当远处的太阳在天空点燃,

豺狼的眼睛在大地闪光时,

幽暗中,一个尖锐的声音朝我叫喊,

说魔鬼在哪儿都不像在我胸口

笑得那么自如?

在永久仇视的

迹象中,上帝和撒旦

终于明白,如果伸出和平之手,

他们双方都会更加强大。他们在

---

① 拉丁文,意为绝对的平和。

我心中握手言和：信念连同爱连同怀疑
连同谎言一道滴淌进我的心灵。

光与罪
拥抱，头一回在我心中结为兄弟，
自从创世，自从天使
满腔仇恨践踏满身诱惑鳞片的蛇，
自从那蛇用毒眼窥伺着
真理的脚跟，妄想咬上一口，将它毒死。

忧　郁

流浪的风擦着窗上
冷冰冰的泪。雨在飘落。
莫名的惆怅阵阵袭来,
但所有我感到的痛苦
不在心田,
不在胸膛,
而在那流淌不息的雨滴里。
嫁接在我生命中的无垠的世界
用秋天和秋天的夜晚
伤口般刺痛着我。
白云晃着丰满的乳房向山中飞去。
而雨在飘落。

哦，秋天即将来临

哦，秋天即将来临，在晚些时刻，
当你，我的爱，用双臂环绕我的脖子，
战栗着，紧紧靠在我身上，就像干花冠
悬挂在地下墓室白色的大理石柱上。

哦，秋天即将来临，它将脱去
你春天的身体，额头，夜晚和思恋，
还将掠走你所有的花瓣和黎明，
只给你留下沉重而又荒芜的黄昏。

哦，秋天即将来临，粗暴，无情，
在你曾经拥有的所有花朵中，
唯有那些花朵它不会从你手中夺取，
那些你铺撒在所有故人墓前的花朵，
他们已永永远远地离去，
同你的春天一起。

致星星

满怀着无穷的动力和盲目的渴望,
我向你们的光芒礼拜,星星,
崇敬的火焰
在我眼中燃烧,就像在祭祀长明灯里。
战栗,来自你们国度,用冰冷的
唇吻着我的身躯,
木然中,我问你们:
你们到底要走向什么世界,什么深渊?
我,漂泊者,
今天感到最最孤独,
我满腔热情地奔走,却不知要去向何方。
唯有一个念头给我光,给我力量:
哦,星星,你们在路上
也没有任何目标,
但兴许正因如此,你们才征服了无限。

先知的脚步

（1921）

潘

潘躺在石头上,又老又瞎,
浑身覆盖着枯黄的树叶。
他那呆滞的眼睑
徒然地试图再次眨动,
他的眼睛已经关闭——像冬天的蜗牛。

一串串露水落在他的唇上:
一滴,
两滴,
三滴,
自然滋润着神。

哦,潘!
我看见他伸出手,抓住一根树枝,
缓缓地
摸索着蓓蕾。

一只绵羊从灌木丛里走近。
瞎子听见了它,露出微笑,

除去用手掌轻轻抓住绵羊的头,
在它柔软的小纽扣下搜寻犄角外,
潘没有更大的欢乐。

寂静。

四周岩洞睡意蒙眬地打着哈欠,
潘受到传染,也打起了哈欠,
然后,挺直身子,自言自语:
露水硕大又温暖,
羊角长出,
而蓓蕾各个饱满,
　　　　　　莫非春天已临?

躁　动

果园在睡梦中燃烧。
从芦苇的睫毛中
我采集着火焰之泪：萤火虫。

在云的魔法的岸边
月亮生长。

秋天的手将我的夜伸向你，
从绿莹莹的萤火虫的光沫中
我在心中聚拢你的微笑。
你的嘴是冰冻的葡萄

唯有月亮薄薄的边缘
会变得如此寒冷
——寒冷得我可以吻它——
像你的唇。

你离我很近

黑夜中我感到一阵眼睑的眨动。

秋天的黄昏

从山顶,黄昏用鲜红的嘴唇
吹拂着
几朵云的热炭灰
和如此多的
余烬,隐藏
在灰尘薄薄的纱巾下。

一束光
奔跑着从西边赶来,
聚拢翅膀,战栗着,栖息
于一片叶子上:
但不堪重负——
那片叶子飘落。

哦,灵魂!
让我将它藏得更好,
更深,在胸口,
任何光都难以贴近:
不然,它会坍塌。

这是秋天。

跟我来吧,伙伴们

到我身边来吧,伙伴们!秋天来临,
葡萄粒中的洋艾,
蝰蛇嗉囊里的毒液
都已一一成熟。

今天我想用欢呼来礼拜
我那些野性的奇迹,它们已远离,
将我独自留下,
与哭泣为伴,
与你们为伴,
与秋天为伴。

来吧,靠近我!——竖起耳朵的人
请听着:
当我笑时,痛苦比任何时候都更深沉,
今天就让苦涩
在我心里笑吧,
在大笑中将酒杯抛向云端!

到我身边来吧，伙伴们，让我们畅饮！
哈，哈！天上什么东西在散发奇异的微光？
是月亮的犄角吗？
不，不！那是一块金杯的碎片，
我用铁臂，
将它砸碎于天穹。

我已酩酊大醉，想要捣毁属于梦
属于庙宇和祭坛的一切。

到我身边来吧，伙伴们！明日我就将死去，
但我会给你们留下遗产，
我高贵的颅骨，举起它，你们可喝到
苦艾酒
在你们思恋生命
和毒药的时候，
在你们想要跟随我的时候！——跟我来吧，
　　　　　　　　　伙伴们！

夏　天

远处，地平线上，无声的闪电
不时地闪现
就像蜘蛛的长腿——从身体
拔出。

酷热。

整片大地全是麦田
和蝈蝈儿的歌声。

阳光中，麦穗紧紧怀抱着麦粒
犹如吮吸的婴儿。
而时光慵懒地伸展手臂，
在罂粟花丛中打盹。
耳边，一只蟋蟀在吱吱叫着。

摇 篮

我是如此疲倦,
如此痛苦。
我觉得我遭受了太多心灵的痛苦。

山坡上,黎明睁开眼帘,
眼睛因为劳累而发红。

迷失——我问自己:
太阳,
你如何再次感受
上升那疯狂的欢愉?

在那个无眠的早晨,
正当我迈着沉重的脚步四处漫游时,
在一个隐蔽的角落,我遇见了一个摇篮,
蜘蛛正在里面编织它们那琐细的世界,
而蛀虫正在侵蚀摇篮的沉默。

我凝望着它,思绪万千。

正是那摇篮，
一只如今已被我的命运催老的手，
摇着它让我
迎来第一次睡眠，兴许第一场梦。

用记忆的手指，
我缓缓地，
缓缓地
触摸到了
往昔，似盲人，
不知为何
我在瞬间崩溃，
开始趴在
我的摇篮上号啕大哭。

我是如此疲倦，
倦于春天，
倦于玫瑰，
倦于青春，
倦于梦。
梦呓中，我用双手在老旧的摇篮里
寻找着我自己
——像婴孩。

一名死者的思绪

我真想用手抓住时间,触摸它那
瞬间的迟脉。
此刻,大地上情形如何?
那些相同的密集的星星还在上空流动吗?
从蜂巢中,那些
成群结队的蜜蜂还在朝森林飞去吗?

你,我的心,此时如此宁静!
每天清晨,你都在我逼仄的胸膛
反射一轮新的太阳,而到了黄昏
又代之以旧的痛苦,从那时起
许多时间过去了吗?
一天,
或者,几个世纪?

我头顶上的一朵蝴蝶花是光。
花儿用饱满的乳房压迫着泥土。
如果可能,
我想伸出手来,将它们扎成一束,

让它们来到地下,我的身旁。
然而,
大地上兴许已无花朵。

我的思绪同永恒相似,
犹如孪生兄弟。
日子的波浪中,怎样的世界在挣扎?

常常,一种喑哑的噪声令我战栗。
是我恋人敏捷的脚步吗?
或者,她也已死去了
千年万年?
是她细碎而饶舌的脚步吗?
或者,大地上秋天已临,
成熟而多汁的果实,从我心中长出的
树上剥离,重重地落在
墓地上?

麦田里

麦粒因太多的金子而开裂。
处处可见滴滴红色的罂粟，
麦田里
一个姑娘，长长的睫毛，犹如麦穗。
她在歌唱，
并用目光采集一捆捆天空的晴朗。
我躺在一丛罂粟的阴影下，
没有愿望，没有幽怨，没有悔恨，
也没有激励，唯有肉身
和泥土。
她在歌唱，
我在倾听。
她温暖的唇上，我的灵魂诞生。

修道院里

连续三天,月亮生长,犹如
蜂巢中的一窝蜂蜜。

一名老妇来到修道院,说:
"院长,天穹的掌管者
请你做一祷告,
让灵魂脱离肉身。"

"为了谁?"

"为了我。"

月亮——降临于一本《圣经》
并从书页上
回望它在天上的形象。

一个老汉到来,羊毛中散发出寒冷的气息。
脸颊破裂,恰似一面
陈旧的神幡:

"善良的神父,我给你带来了一块面包
和一口葡萄酒,好让你在神坛上祈祷。"

"为了谁?"

"为了羊群。"

很久以后,一个姑娘走来。坠落的星星
抑或一阵秋风会透露
那个姑娘从前是那么漂亮。
她说:
"神圣的院长,请你做场布施。"

"为了谁?"

"为了——我的思念。"

月亮将自己围成一道彩虹。

香火与雪片

光,从炉子里渗漏,在墙壁间奔突。
身躯柔软,一如纯净的亚麻,
你在香炉上为头发抹上油,
一缕,一缕,
闻上去就像圣带一样。

静默那沉重的雪橇从村里滑过。
我用睫毛猜测昨日之吻的小径。
轻柔又硕大的雪花在安宁中
覆盖我那仿若灰烬的世界,
而从天空投下的铜片
看起来好似小铃铛
悬挂在途中马的步子的脖颈上。

街上迟到的牧羊人感觉到
那些睡了一觉的人
拥有香火时光,亚麻时光,
纯净。

纯净。

旷野中的呼唤

用你光的欢叫,
用深邃的海之眼,
用泥土中的印迹,那些
曾在你神奇的大地上
为你留下无数
思念时刻瑟瑟战栗的
处女的印迹,
我呼唤着你:
来吧,世界,
来吧。

为我的耳朵吹来泉水的叮咚,
就在那叮咚中,子夜时分,
葡萄不知不觉
脱离葡萄藤,聚拢在一起,
用汁液灌满颗粒,
随后——携带着你丰饶的死亡
来吧,
世界,

来吧。

并让我的额头冷却,
它滚烫,一如
烧灼的沙漠,
一位先知正缓缓地
缓缓地穿越旷野。

传　说

光彩照人的夏娃
坐在天堂的门口，
一边观看黄昏的伤口怎样在天穹愈合，
一边梦幻般地
咬着蛇的诱惑
递给她的苹果。
忽然从可咒的水果中
一棵核碰到了她的牙齿。
夏娃心不在焉地将它吹到风中，
核掉在地上，生根发芽，
长出了一棵苹果树——
接着，一连几个世纪，
又长出了无数棵。
其中有一棵躯干粗壮结实，
伪善的工匠们用它
制作耶稣的十字架。
哦，被夏娃洁白的牙齿
抛到风中的黑黑的果核。

潘之死

一、潘对仙女说

你从蒲草中升起,发中携着蛙衣,
一股浪
想抱住你,沙粒开始沸腾。
仿佛从看不见的圆瓮,
你将婀娜的裸身倾倒于草地。

额上,我的静脉怦怦直跳
就像那慵懒的蜥蜴的
嗉囊,在太阳中煎烤,
你的举止为我吹来源泉的低语。

我想掰开你,恰似掰开热面包,
你的举止将甜蜜时刻投进我的血液。

沙粒开始沸腾。

夏日,
太阳,
草地!

二、神在等待

庄稼地里,耗子
和牛犊在嬉戏,
而葡萄藤
掌心里握着
小雨蛙。
唇间含着
一支蒲公英
我在等她
来临。
我只想,只想
用洁净的手指
摩挲
她的柔发,
随后经由她的柔发
再经由云朵
就像从羊毛

聚拢闪电——
一如秋天
从天空收集
蛛丝。

三、影子

潘掰断蜂巢
在核桃树的影子里。

他陷入忧伤：
林子里，修道院在日益增多
十字架的闪现令他气恼。

毛脚燕在他四周飞舞，
榆树叶子
曲解着教堂的响板声
晚祷钟声回荡，潘陷入忧伤。
耶稣的影子
月色般
从小径掠过。

四、潘在吹奏

我独处幽居,身上布满了蓟草。
我曾统辖过一片星空
并为重重天界
吹奏过排箫。

虚无绷紧弓弦。
如今,没有一个陌生人
会经过我的洞穴,
唯有长着斑点的蝾螈
偶尔才会光临:

月亮。

五、蜘蛛

路上到处竖立着十字架,
潘无处可逃,
只得躲进岩洞里。
光束蜂拥着,推搡着

无休无止，想要接近他。

他没有伙伴，

只有一只孤独的蜘蛛。

鬼鬼祟祟地，这个小东西在他耳边

织起丝之罗网。

潘，出于好心，

为落在后边的朋友捉着蚊虫。

星星坠落，一个又一个秋天飞驰而过。

有一回，神用接骨木

枝条刻一支笛子。

小牲畜

在他手上溜达。

在突然出现的朽木中

潘惊讶地发现

他的朋友扛着一副十字架。

年老的神顿时目瞪口呆，

在星星坠落的夜晚，

他浑身战栗，痛苦不已，

蜘蛛已成基督徒。

第三天，火眼棺木合上。

雾凇覆盖着他，

黄昏在晚祷声中降临。

那支接骨木笛子还未刻好。

伟大的过渡

(1924)

致读者

这里是我的家。那边是太阳和摆着蜂巢的花园。
你们路过此地,透过大门栅栏观望,
期待着我说话——可我该从何讲起?
相信我,相信我,
无论什么,你都可尽情谈论:
关于命运,关于善之蛇,
关于用犁铧耕耘人类花园的
大天使,
关于我们朝它生长的天空,
关于恶和堕落,悲伤和大十字架,
尤其关于伟大的过渡。

然而,词语是那些早就想要哭泣
却未能哭泣的人的眼泪。
一切的词语都无比苦涩,
因此——就让我
默默地走向你们,
闭上眼睛,迎候你们。

赞美诗

你隐藏的孤独总是我的疼痛,
上帝啊,我该如何是好?
儿时,同你游戏,
想象中,将你拆开,就像你拆开一个玩具。
后来,野性不断生长,
歌声渐渐消失,
还从未接近过,
我就已永远地将你丢失
于尘土,火焰,天空,和水面。

在日出和日落之间
唯有泥泞和伤口。
你将自己关在天空,就像关在一副棺材里。
哦,倘若你同生命比同死亡
更加亲近,
你会对我言说。从你所在的地方,
从大地,或者从传说中,你会对我言说。

在此处的荆棘中,请你现身,主啊,

好让我晓得你对我的期待。

让我在空中抓住那支别人从深处投掷

试图在羽翼之下伤害你的毒矛？

抑或你一无所求？

你的身份无言，而又坚定，

（元音 a 本身就是 a）

你一无所求。甚至都无须我的祈祷。

瞧，星星蓦然走进世界，

带着我那令人疑惑的忧伤。

瞧，无窗的夜晚已经来临。

上帝啊，从此，我该如何是好？

在你的中央，我将褪去衣裳。我将褪去肉身，

仿佛褪去一件你丢弃在路上的衣裳。

伟大的过渡

绝顶的太阳掌握着时光之秤。
天空献身于下面的河流。
过渡中的牲畜,眼神温顺,望着
自己投在河谷的影子,毫无惧色。
茂密的叶丛搭成拱廊,
覆盖一个完整的故事。

一切都想保持原本的样子。
唯有我的血液,在森林里,呼唤
遥远的童年,
就像雄鹿
呼唤迷失于死亡中的雌鹿。

兴许它已殒命于岩石之下。
兴许它已沉落到大地腹中。
徒劳地,我在等待它的消息,
唯有岩洞发出回音,
嘎嘎作响,在深处祈祷。

血液没有答案,
哦,如果宁静弥漫,雌鹿走在
死亡之路上的足音就会清晰可辨。

而我继续蹒跚着前行——
就像杀手用手巾堵住
被制服的嘴巴,
我用拳头关闭所有的源泉,
让它们永远地沉默,
沉默。

犁铧

城里长大的女友,
不懂怜悯,恰似窗边的花朵。
从未见过田野和太阳的女友,
在开花的梨树下嬉戏,
我想要牵着你的手,
来吧,让你看看世纪田垄。

山丘上,你回到那里,
处处可见犁铧,犁铧,数不清的犁铧,
尖头插进健康的土地:
黑色的大鸟
从天空降临到大地。
为了不惊扰它们,
你必须在歌唱中靠近。

来吧——轻轻地。

纪念农民画匠

现在,你生活在传说中,
一如你曾生活在平原和村庄。
我清晰地记得
你那磙子般沉重的双手,
将种子定格于耕地。
我记得你那绿色的眼睛,像青涩的黑莓,
记得你温和的手艺,让你画出
如此柔弱的圣徒,
仿佛直接来自月球。

你同所有的神迹结为朋友。
一位姑娘来到院子里,问道:
告诉我,告诉我,没有父亲,
婴儿耶稣又是如何诞生的?
你给她看一幅你想象的圣像,
金黄和天蓝相间,对她说:
玛利亚就这样跪坐着,
一只鸟儿,飘飞着,鸟喙
伸向她,丢下一朵花。

接下来的一切只能同一场梦比拟。
花粉撒在
年轻的身体上，
处女玛利亚
系上了果实，就像系上一棵树。
你刚刚听到的这个故事难道不像你的心吗？

你只是凡人一个，然而，当你死去时，
众多教民聚拢在你的门口，
他们相信，你会突然升天，
并将村庄和大地一同带进天国。

一个人朝边界俯下身来

我朝边界俯下身来：
不知道——它属于大海，
抑或可怜的思想？

我的灵魂坠入深处，
滑行着，像一枚戒指
从因病消瘦的指头脱落。
来吧，终结，给万物铺上灰烬。
道路不再漫长，
呼唤不再将我追逐。
来吧，终结。

依着臂肘，我，一件废品，
再一次从大地站起，
并倾听。
水拍击着岸。
此外便是空无，空无，
空无。

古老事物间的寂静

我的山,亲爱的山就在近旁。
那些古老的事物包围着我,
它们长满创世时期的苔藓,
夜晚,七轮黑色的太阳
带来丰富的黑暗,
我该满足了。
天界充满足够的寂静,
可将穹顶牢牢箍在一起。
但我想起我出生之前的时光,
就像想起遥远的童年,
我感到如此遗憾,没有留在
那无名的国度。
随后,我又对自己说:
天上的星星没有丝毫的喧嚣。
是的,我该满足了。

老修士在门槛对我低语

打从我修道院草地经过的年轻人,
到日落时分,还有很久吗?

我想同黎明时被牧羊人
手中的木棍打死的蛇一起
献出我的灵魂。
难道我没有像它们一样在尘埃中挣扎吗?
难道我没有像它们一样钻进阳光吗?

我的生命曾是你想到的一切,
有时是野兽,
有时是花朵,
有时是与天空争吵的铜钟。

今天我在此沉默,墓穴的空洞
在我耳畔回响,犹如泥制铃铛。
我在门槛等候晚时的凉爽。
还有很久吗?来吧,年轻人,
抓一把泥土

替代水和葡萄酒,撒在我头上。
用土地为我洗礼。

世界的影子从我心头掠过。

所有日子的复活

处处都在复活,在路上
在清醒的光中。
我的眼睛睁开,湿漉漉的,我心境平和
犹如黏土王国里的井水。
过路人,无论你是谁,
请在我头顶举起你的右手。

今天我不会责难任何生物,
石子,人类,野草,都不会责难。
夜莺簇拥着我。祖先复活了吗?
无数次开始的祈祷
终于完结,我说:
父亲,我原谅你,在大地深处
在世界的田垄间,你将我播撒。

日子来临,仿佛给大地带来正义。
花朵,越过茂盛的草丛
从远处将我照亮——
那些昔日的圣徒迷失于田野的光环。

天上传来天鹅的歌声

天上传来天鹅的歌声。
美丽的少女听到了它,她们正赤足漫步于
长满嫩芽的田野。随时随地,我和你也听见了它。

修士们在地窖中
做完祷告。镣铐下,万事万物
都已停止死亡。

我们的手,思想,和眼睛,都在流血,
你若还在自己试图相信的事物中寻找,纯属徒劳。
泥土充满了秘密的嗡嗡叫声,
但离脚跟太近,
离额头又太远。
我看过,我走过,瞧,我在歌唱:
我该向谁膜拜?我该在什么面前膜拜?

有人在人类之井中下了毒。
毫不知情,我将双手浸泡
在井水中。此刻,我在高喊:

哦，我已不能

在树林中，在石子间生活。

细小的事物，

宏大的事物，

野蛮的事物——请你们将我的心杀死吧！

我们，患麻风病的歌者

忍受着内心伤痛的折磨，我们穿越世纪。
不时地，我们还会向天堂的
林子抬起眼睛，
然后，低下头，沉入更深的悲伤。
对于我们而言，天空戴上了脚镣，城池同样如此。
徒劳地，幼鹿从我们手中饮水，
徒劳地，小狗对我们膜拜，
子夜时分，我们毫无退路地陷于孤独。
站在我们身边的朋友，
用葡萄酒温暖你们的泥土，
将目光投向万事万物。
我们仅仅是歌者
在关闭的门扉旁，
然而，此时此地，就在孤独杀害我们的地方，
我们的女儿们将会孕育出上帝。

书　简

兴许就连现在我也不会给你这一行字，
但夜色中，雄鸡已经三次打鸣——
我不得不高喊：
天哪，天哪，我这是和谁断绝了关系？

我比你还要苍老，妈妈，
还是那副你熟悉的样子：
肩膀稍弯，
俯身于世界的疑问。

到今天我都不知你为何要将我送进光中。
只是为了让我漫步于事物中间
通过说出哪个更真哪个更美
给它们以公道？
手停住：太少了。
声音消失：太少了。
你为何将我送进光中，妈妈，
为何将我送进光中？

我的肉身倒在你脚下，
沉重，如一只死鸟。

知情者的秘密

后来那天。人啊,千真万确:
曾经的一切
丝毫没有改变,
同样的天体在高处转动,
同样的大地在下面伸展。
但一首歌在远方诞生,
盛大而又奥妙的远方。
据说棺柩在深处启开,
从中飞出
无数只云雀,目光朝向天空。
人啊,后来那天
同任何一天一样。
弯下膝盖,
攥紧双手,
睁开眼睛,惊叹吧。
人啊,我还可以告诉你更多,
但纯属徒劳——
再说,星星升起,
示意我住口,
示意我住口。

手牵着伟大的盲人

我领着他漫游,在森林。
在乡村,将占卦者抛在身后。
路途中,我们不时地歇歇脚。
从茄子和沾满污泥的草丛中,
潮湿的蜗牛,爬上他的胡须。

我说:长者,太阳运行正常。
他沉默——因为他害怕词语。
他沉默——因为他的话语都会成真。

在橡树粗糙的树冠下,
蚊虫制作了一个光环,置于他头顶。
我们再一次上路。
为何他瑟瑟发抖?
镇静点,盲长者,周围什么都没有。
高空,唯有一颗星星
眼含金泪,在同天空告别。

在高高的叶子下,我们往前走着,走着。

一只只黑怪兽

循迹而来

温和地啃食着

我们踏过,并待过的土地。

回　忆

如今你身在何方，我并不知晓。
雄鹰，通过上帝，飞过我们的头顶。
我在回忆中滑行，那么多年已经逝去。
在太阳跃出大地的古老的峰顶，
你的目光显得那么蓝，那么高远。
传奇般的消息从松树上升起。
富于理解力的眼睛是圣洁的深潭。
直至今日，我内心依然在谈论着你。
从睫毛里，死水为我缓缓流出。
必须斩草除根，
必须在你经过的地方斩草除根。
肩扛着长柄镰刀，
我在最后的忧伤中煎熬。

大地女儿在舞蹈

我微笑,朝你的早晨,
古老的太阳,新鲜的太阳。
燃烧的鸟儿在天空挣扎。
谁在呼唤我,谁在驱赶我?
啊－拉－拉!哎－拉－拉!

葱郁的田野下埋着一座教堂。
它在千年之前
沉入深深的地底。
七名神甫,直至今日
都在里面举行祭拜,为了魔鬼。
哎－拉－拉!为了魔鬼。

庞大的死者,渺小的死者,
从耸立于你们房顶的十字架上
掸掉我脚跟留下的泥土。
让铜钟在一处房棱敲响。
任何人都休想找到我。
啊－拉－拉!哎－拉－拉!

从今往后我将舞蹈。大地女儿
用荆棘遮掩她的双乳。
光明的神甫
深处的神甫
在幻影中崩溃。

我懂得压迫着我的房子的罪孽了

我懂得像祖先的肌肉一般压迫着
我的房子的罪孽了。
哦,为何我读解气候和星座
不同于老妪将大麻溶解于池塘中?
为何我渴望另一缕微笑,不同于
路边擦出火花的石匠的微笑?
为何我追求另一种使命,
在那七日世界里,迥异于
敲钟人将死者送往天庭?

伸出你旅人的手,你来来
往往的旅人的手。
大地上,所有的羊群都头顶着
圣洁的光环。
此刻,我如此爱着自己:
众生中的一员,
我如此晃动着自己,
像一只犬,从被诅咒的河里跑出。
我想让我的血液流进世界的水槽

转动起天上的磨坊
所有的轮盘。

我是幸福的战栗:
上空所有的白昼
鸟的力量全部显现,在朝向
光明目标的三角地带。

村庄的心

孩子,把手放在我的膝上。
我想永恒诞生于村庄。
这里每个思想都更加沉静,
心脏跳动得更加缓慢,
仿佛它不在你的胸膛,
而在深深的地底。
这里,拯救的渴望得到痊愈,
倘若你的双足流血,
你可以坐在田埂上。
瞧,夜幕降临。
村庄的心在我们身旁震颤,
就像割下的青草怯怯的气息,
就像茅屋檐下飘出的缕缕炊烟,
就像小羊羔在高高的坟墓上舞蹈嬉戏。

最后的话

繁星的租佃者,
古老的星座
我已将它们遗失。
充满血和传说的生活
已从我手中滑落。
谁在水中引领着我?
谁在帮我穿越火海?
谁又在为我防卫恶鸟?

路途纷纷将我驱赶。
世上,没有一处土地
向我发出召唤。
我是个被诅咒的人!

唯有狗和箭与我相伴,
我埋葬自己,
在你的树根,我埋葬自己,
上帝啊,被诅咒的树。

尾　声

我跪在风中。我的手，骨头
将从十字架上坠落。
没有任何退路。
我跪在风中：
紧挨着那颗最忧伤的星。

睡眠颂歌

(1929)

传　记

自己何处何时显现于光中，我不知道，
光影中，我情不自禁地相信
世界就是一首歌。
我露出异乡人的笑容，在诱惑中登上
她的中央，用奇迹成就了自我。
有时，我说着一些并不理解我的话语，
有时，我看着一些并不回应我的事物。
我的眼睛充满了风和梦到的事迹。
我像每个人一样四处漫游：
时而怀着罪愆，在地狱的屋顶，
时而丢弃罪孽，在开满百合的山峰。

囚禁于同一座炉灶的地层里，
我同祖先——那些被石子下的溪流
洗净的黎民交换秘密。
夜晚，我会静静地倾听
内心里那些早已遗忘的
血液的故事怎样汩汩流淌。
我祝福面包和月亮。

白昼,风暴中我心绪紊乱。

用嘴边熄灭的话语
我曾歌唱并仍在歌唱那伟大的通途,
世界的睡眠,蜡制的天使。
沉默中,我将星星从一个肩膀
移到另一个肩膀,仿佛移动一个包袱。

睡　眠

整个夜晚。星星在草地上舞蹈。
小径退隐于森林和洞穴，
甲虫不再言语。
灰色的猫头鹰瓮一般蹲在枞树上。
在无人觉察的黑暗中
鸟儿、血液和乡村全都沉静下来，
还有你不断经历的冒险。
一颗灵魂在微风中弥漫，
没有今天，
没有昨日。
伴着树林间低沉的声响，
沸腾的年代升起。
睡眠中我的血液浪涛般
从我的体内
流回到先辈的身上。

落　烟

寒冷的牧场上空听得见
鹅群急促而徒劳的飞翔。
一首歌正深入某地
在世纪的召唤声中。
一阵笛声沉寂，另一阵又响起。
哈利路亚，我的目光充满了鸟和风。
生命啊，我一缕思想也不欠她，
却欠她整个一生。

我时常一动不动，
望着一个个穹顶塌陷于水中。
我从村庄的树叶中，就像
从《圣经》里的帐篷中走出。
哈利路亚，从未像今天这样，
我是低垂的天空
和炉灶里的落烟的
疲惫的兄弟。

圣 鸟

康·布伦库什①将之
制作成金鸟
在无人搅动的风中,
神圣的猎户座祝福你,
泪水淋湿了你上空
那高远而圣洁的地理。

你曾在深深的海底生活
避开了周遭的太阳火焰。
在漂浮的林子中,你高喊着
久久地,在世界最初的河流上。

你是鸟吗?抑或世界携带的钟?
我愿称你为神迹,没有把柄的圣杯,
金子的歌旋转
在死亡谜语引发的恐怖之上。

---

① 康斯坦丁·布伦库什(1876—1957),具有世界声誉的罗马尼亚雕塑家。

你幽居于漆黑中,就像在传说里,
用风那虚幻的笛声
你歌唱着地下那些从黑色的
罂粟中畅饮睡眠的人们。

古老尸骨上包裹着的磷,
在我们看来,就像你绿色的眼。
在天空的草地下,倾听着
没有词语的启示,你停止飞翔。

从正午拱形的天空中,
你在深处猜到了所有的奥秘。
无穷无尽地高飞吧,
但你看到的一切,永远别向我们展示。

老　城

夜晚。钟点没人鼓励，
自我完成了启动。
别吱声——指针停滞，
悬于最后的数字上。

门下，睡眠的生物
走进——红色的焦虑的犬。
细长高深的巷子里
雨正踩着高跷溜达。

墙壁间，古老漫长的风
还在摇晃着泥土和铁。
往昔那些伟大的同类
呈现片刻，又迅疾消隐。

黑色的塔楼站起身来，
计数着被征服的岁月。
别吱声，神圣的石头
已在深更半夜熄灭了光环。

低下的头

我竭尽全力存在,
并且存在了片刻。
原野上某个地方,
风兄弟已经死去。

衰老的步态中,
秋天正在流血。
长长的影子缠绕,
我的使命一再延误。

一种飞翔展开,
朝着莫名的目标。
一棵树熄灭了生命,
伴着烛台的噼啪声。

我向水井俯下
思想和词语。
天空在大地上
睁开了一只眼。

哀　歌

同样的水，同样的树叶
在同样的时钟的滴答中战栗。
你已止步于哪个地方、哪缕睡眠？
你已停留在哪片天空的草地？

此刻，你曾走过的道路
全都流入我的内心。
即便在你离去之后，
镜子依然保存着你的容颜。

没有思绪，没有激动，没有声音，
我用衣袖擦拭着湿润的眼睛。
邻人在我院墙内听到了
同样的步子，那黑色的耐心。

远　景

夜。天空之下，宏大之下
单子在沉睡。
压缩的世界，
空间没有声响的泪，
单子在沉睡。

它们的动作——睡眠颂歌。

出自《圣经》

(给伊昂·布雷阿佐)

正午是笔直的。宁静化为蔚蓝的圆圈。
朝着天空的飞翔在增长。
声音挥霍。生物停滞。
牛犊在母牛身上跪下
就像在一座教堂里。

圣母玛利亚,今天,你面带微笑,正在
小路漫步,为青蛙带来水之游戏。
在高大而赤裸的青草间,
你为孩子褪去衣衫,
教他站立,行走。
孩子太调皮时,
你就用罂粟汤让他入眠。

于你而言,世界是一枚印章
盖在了一个更大的奥秘上:
因此,你茫然
不知所措。
在紧挨着拥有珍稀珐琅的瓷器匠人的屋子里,

日日夜夜，你耐心守护着
那伟大婴儿的睡梦。

唯有在天使们
进进出出，过重地开门关门时，
你会面露愠色，
闪出一丝责备。

拒　绝

树林弯下拒绝的枝丛
在一声内在的叹息四周生出树皮。
白昼所有的小径上，
秋天在微笑，
高大的耶稣们纷纷将自己
钉在桤木十字架上。

云雀从高处重重地坠落
犹如神的泪，叮叮当当地滴在原野。
我在启程的路上
打量远方
整个圆球的征象：
处处充满了忧伤。充满了拒绝。充满了末日。

在我成熟的踪迹里
死亡印上黄色的吻，
没有一首歌鼓励我
再活一回。
我迈出一步，对着子夜低语：

兄弟，你若愿意，就活着吧。

我再迈出一步，对着正午低语：
兄弟，你若愿意，就活着吧。
我的血液中，没有任何人响应，
开始重新生活，
没有，没有任何人响应。

时光的路上，白衣少女和黑衣少女
来来往往，
仿佛踏着命运那深沉的步子：
她们是上天的激励，
让我们再活一回，
再活一千回，
让我们活着，活着！
但我走在歌唱的小河边
用手掌捂着脸，为了自我保护：
我不！阿门！

醉人的夜晚

深夜,古老的
绿色星座下,
门闩插上,
水井盖好。

将思想和手
搁在十字架上。
星光流淌,
洗濯我们的农姑。

结　局

兄弟，在我看来任何书都是种被征服的病。
可刚刚同你说话的人如今在地下。
在水中。在风里。
或在更为遥远的地方。

我用这张书页锁上大门，拔出钥匙。
我在某个高处或低地。
吹灭蜡烛，问问自己：
那曾经的奥秘去向何方？

你的耳中还留有只言片语吗？
从以前讲过的血的童话中，
将你的灵魂转向墙壁，
将你的眼泪洒向西方。

分水岭

（1933）

故　乡

二十年后,我重新走过这些巷子,
这里,我曾是乡土年幼的朋友。
此刻,我怀着永恒的激动,
背负着黑色的沙石和罪孽。

谁也不认得我。风,唯有风,或者
金色的白杨,被无形的恰如纺锤的
线举起。两个小时,钟楼困惑地望着
我的背影,直到我再次消失于日落之下。

一切都变了!所有的房子都比记忆中的
样子要小许多。光以别样的方式
轻触着墙壁,河水以别样的方式
拍打着河岸。门扉洞开,露出惊奇。

可我为何要归来?心灵还没找到精华,
我幸福的钟点,更幸福的钟点
还没敲响。那钟点等待着
在还没建好的重重天空下。

昨日之光

我在寻找,但不知要找什么。我在寻找
一片过去的天空,一个消逝的夜晚。额头
那么低垂着,为了匹配往昔的高度。

我在寻找,但不知要找什么。我在寻找
曾经的光环,喷涌的,被点燃的
泉水——如今唯有被束缚和被征服的水。

我在寻找,但不知要找什么。我在寻找
留在我心中的一个伟大的时刻,没有形容,
仿佛死去的泥罐上留下的一道唇印。

我在寻找,但不知要找什么。昨日的星空下,
往昔中,我在寻找
那道已经熄灭的光,那道我时刻都在赞颂的光。

秋天的信号

昨日,一个声音自深处升起
酸楚,酸楚,酸楚。
众多的天使死去,将泥土
留在乡间。

昨日,天空下,谎言圈中
传出一则消息。
随后,风,毛脚燕
纷纷朝土星飞去。

九　月

通过树林绿色的时辰
那些被遗忘的毒物吹拂着。
长命的秋水仙,
在奇异的眼睛旁生长。

老歌再一次想让
潺潺的流水向它学习。
在我汗淋淋的肌肉里
青春抹掉的思想不再推让。

大片大片的钟声,穿过充满
圆形橡树的黄昏传来,
在林子里激荡,仿佛送来
往昔那些遗失的教堂的消息。

高大的独角兽,一声不吭
朝向西边停住,竖起耳朵。
在深邃的天穹下,森林
用无数的图尔尼克①将我杀戮。

---

① 图尔尼克,一种民间乐器。

病态的歌者

没有泪,我们携带着
一种病,在琴弦里,
我们总是朝向
西沉的太阳行走。

我们的灵魂是火之剑
只在剑鞘里熄灭。
啊,一次又一次,
词语筋疲力尽。

风时刻都在回响
穿过落叶松的枝丛。
我动身走进世界,
踏上了歌谣之桥。

我们越过一个个黄昏,
嘴里衔着洁白的百合。
我们用盔甲关闭
心中死亡的感觉。

没有泪,我们携带着
一种病,在琴弦里,
我们总是朝向
西沉的太阳行走。

我们运送伤口——源泉——
在敞开的衣衫下
并用一支歌,一个秘密
扩展宇宙的无边无际。

海　滩

灰色的梧桐和雪松
在海里让种子饮水。
开阔的海域,紫色的田垄
在硕大的水犁铧下伸展。

天空和港口,渔民和海关
人员在温暖的地方打盹。
白色的风,犹如一只眼睛,
从这里到对岸,寻寻觅觅。

迷失在珍稀的时光中,
我透过门边的荆棘观望,
人们赤身裸体,默默地躺在
沙上,仿佛躺在自己的灰烬里。

礁石在和每个波浪游戏,
露出肚子上的鳞片。
在赞颂和毒液之间,我感到
一种病,就像听见一支歌。

地中海的夜晚

灯塔,感觉到了什么
在海上发出信号。
胡蜂在木头水晶中
关上了大门。

泥土中聚集着
不知什么病痛,
像一只皲裂的手,
一根苦涩的刺。

南风暖暖地吹拂,
吹过破碎的陶瓮,
吹过我的血液,
吹过远方的汽笛。

夜莺歌唱着从冥府
飞到这里,径直
坐到了桌旁
在面包和红酒中间。

天体触摸

怎样的幻影!啊,怎样的光!
白色的星星落在花园,

无人注意,出乎意料:运气,
弓箭,花和火。

它落在高高的草丛间,宽大的
丝绸中,从世纪的房屋。

啊,一颗星星回到了尘世。
我的双手被它点燃。

分水岭

你在夏天,我在夏天。在驶向尾声的
夏天的山脊上——我们来到了分水岭。
你抚弄着大地的长发,带着游戏的心思。
在未完成的蔚蓝下,我们俯身于岩石上。

往下看!久久地看,但千万不要说话。
极有可能,我们的声音会颤动。
从峰顶之门,到深深的山谷,
啊,溪水衰老得如此迅疾。还有时光。

返回的路长吗?朝前的路同样漫长,
虽然看上去要近得多。我们,不再
燃烧,隐藏起来,在夏日的幻影之后。
我们关闭心扉,在未说出的词语之后。

此刻,小径向下蜿蜒,犹如从那
没被接受的供品中冒出的轻烟。这里,
我们再次上路,向着千百次被出卖的
大地和山谷,为了赢得一片召唤的天空。

自深深处

母亲——虚无——伟大！伟大之恐惧
震颤着我的花园,一夜又一夜。
母亲,你曾是我的墓地。
为何我如此害怕——母亲——
再一次离开光明?

光明中的光明

没有套轭的公牛,站在早晨的中央
统治着一片原野。它闪烁,犹如
一枚新结壳的栗子。
太阳,穿过它的犄角,来到村庄。

在平静的河边,公牛一动不动,接受
曙光的掌控。高贵而又美丽。
就像耶稣基督:
光明中的光明。真真实实的上帝。

故　国

山丘上耸立着太阳那
蔚蓝色的葡萄园和钻塔。
流向其他民族的河流
赞颂这些金黄色的土地。

故国将疆界一直
推向高高的天空。
金雕——永恒时刻的奇迹——
盘旋在田野和牧羊人的上方。

身着秋水仙色的衣裳，
旗帜般飘舞着，
夏季姑娘火一样燃烧
在时间的风中和笑里。

向一颗星星提问

在大熊星座下,在七道光中间隐约
闪烁的茫然的星星,你属于谁?

你属于不可拯救的幽灵绿衣国王①?
你庇护什么节日?什么光临的时辰?

你在保卫一块墓地,抑或一条治愈身心的河流?
你在看护一方百姓,一座城堡,抑或一朵花儿?

在紫色的穹顶下,你正守候着
什么心灵,什么神圣的收获?

假如你属于我,为了看管我的岁月和家园,
你会朝你背后的人投掷石头吗?

---

① 绿衣国王,罗马尼亚民间故事中的人物。

在思念的庭院

（1938）

公　元

夜晚走进古城，不设海关的古城。
时光阴沉，天注定又要下雪。
森林精灵四处漫游，在中世纪
大教堂的屋檐下，停住了脚步。

钟声鸣响，唤醒丁香，它
沉浸于梦乡，已经太久太久。
空中，被焚烧的天使的灰烬，
零星飘舞，落在我们肩上，房顶。

在祖先们身旁

石板路上,假如你弯下身来,
你会听见金龟子亲吻祖先的土地,
我们的枝丛落在深处,在苦涩
而又寒冷的地方。

石板路上,雏鸡的耳朵,也能
听见蠕虫上路时的瑟瑟响声,那些
蠕虫,带着我们的血肉,排队
领取圣餐,在新的礼拜日。

渡 鸦

白色的原野。煤烟化身为一只
渡鸦。安娜,我的小姑娘,你看见了吗?
正是秋天,金色的传说熄灭,松树
突然闯入,栗子从树梢落下。

那渡鸦掂量了一下步子,在雪地书写
《新约全书》,抑或天上的消息,
为了某个将从乡间经过,但依然
念念不忘读书的人。

而我们这些人,我们已经忘了。

醒 来

树在隐隐燃烧。三月回响。
蜂箱里,蜜蜂聚拢,
将苏醒、蜂蜡
和蜂蜜混合在一起。

在两道边界间犹豫不决,
携带着七片庄稼地下的罪孽侍者,
在重重巨人的天空中
我的树,那个选民,在沉睡。

我的树。
风摇动着它。三月回响。
多少力量,联合在一起,
从艰难的生存中,从睡梦里
从上帝的状态中,激发它。

谁在山丘上摇曳,
身披灿烂的光?

泪滴般的嫩芽发出朗朗的笑声。

太阳啊，太阳，你为何要将它唤醒？

奇迹的村庄

风尘仆仆,我越过庄稼地
来到那个人迹罕至的地方。
静谧中,循着月亮蓝色的
轨迹,我不断绕过一条条小径。

在得到恩典和神佑的水井旁,
蟒蛇颤动,毛脚燕发出尖叫。
神的芳香在村庄弥漫,恰如
一个充满野性气息的巢穴。

翻倒的法则和清晰的痕迹,
奇迹喷涌,仿佛黑麦中的罂粟籽。
多瑙河公鸡,隔着篱笆,通报
没有黑夜的漫长礼拜日的来临。

思　恋

（给巴西尔·蒙特亚努）

时时刻刻，日日夜夜，我
在一座黄色的葡萄牙港口守望。

身旁是条条铁链，
我的双手交叉着捂住胸口。

我愿意手牵卢西塔尼亚①绵羊，
哼着多伊娜②，整整七年望着天空。

假如焦急的风车
找不到我的踪迹，那该多好！

假如我能永远活在时隐时现的
星辰下，在蔚蓝中，那该多好！

---

① 卢西塔尼亚，罗马帝国的一个行省，约在今葡萄牙和西班牙西部。
② 多伊娜，罗马尼亚民间流传甚广的抒情歌谣。

坚实的台阶

（1943）

献给二〇〇〇年的歌

此刻,上空盘旋的鹰
到那时,一定早已陨灭。

锡比乌①边,锡比乌边,林子里
唯有橡树到那时依然还会挺立。

在它们的时光中,有某个
旅人,某个陌生人会记起我吗?

我想也不会有人再提起我
因为,童话一般这样开头:

他,蝴蝶和上帝的同时代人,
常常在此漫游,常常返回这里。

---

① 锡比乌,罗马尼亚城市,被称为橡树之城,是特兰西瓦尼亚地区日耳曼民族最集中的地方。

自画像

卢齐安·布拉加静默,一如天鹅。
在他的祖国,
宇宙之雪替代词语。
他的灵魂时刻
都在寻找,
默默地、持久地寻找,
一直寻找到最遥远的疆界。

他寻找彩虹畅饮的水。
他寻找
可以让彩虹
畅饮美和虚无的水。

神奇的月出

曾经是这样，一直是这样。
我手捧火焰之花在静静等候。
威武的月亮升起，打断了我的
礼拜日颂歌。

子夜时分，一次星球漫游。
空间里——河流，影子，钟塔，草堆，
礼拜的星辰在山谷同我会聚，
褪去故国的黑暗。

高处，光中，山峦
显现，多么脆弱！
在孩童的眼里，众神的城堡

轻易粉碎，犹如破旧的丝绸。
物质多么神圣，
但唯有声音在耳畔回响。

南　方

海边，纤细的芦荟
开出花朵。蜂蜜的神力
治愈患病的蜜蜂，
那些被酷夏击倒的蜜蜂。

置身于芦荟中间，
陶瓷瓮，平静，和千百只
蜜蜂，会借给你长久的
疾病，在严重的时刻。

墓志铭

这里的路很难找到。
谁也不会为你引导。
只是在晚时,只是一个
随后自己都忘了的瞬间
会透露给你
那些坚实的台阶。

随即,你如叶子般走下。尘土
像沉重的眼帘
遮住你的眼睛。
神圣的母亲们——
千万缕光,
躺在坟墓里的母亲们
用目光接受你的话语。
再一次,她们给你喂水。

诗　人

（纪念赖纳·马利亚·里尔克）

朋友，我们别再发出徒劳的声音，
召唤那些已故者！
今天，为众人言说，
他没有形体，没有名字——诗人！
他的生命令我们惊奇，
犹如一支含义模糊的歌曲，
犹如一个古怪的异端。
在很久以前的岁月里，
诗人，践踏着词语，凭借男子气概，
忍受住了所有的灾难，
而最大的痛苦，最严酷的痛苦，他在
自己选定的孤独之山中将它们平息。

一个示意，
天空之蓝纷纷坍塌，
时光的分针滴答走动，
仿佛刀刃划过整个宇宙，
在那些岁月里，诗人情愿忘掉同类和家园。
在迷雾笼罩的残酷岁月里，

当人类连同他们神圣的人性和血肉
大量消散时，
人生——假如有的话，
也早已熄灭——天哪，这刚好够
让幽灵在大地上控制躯体。
诗人，隐姓埋名，退隐于
山峦之盾背后，
与高耸的石峰结为朋友。
艰难中，毫不动摇，他没有逃离命运的游戏，
在白色的冬至和黑色的夏至掩护下，
伟大而又孤独。
无论山谷中苦涩的忧虑，还是上帝已劫持
自己化身力量的想法，都没能将他杀死。
无论远处的巨雷，还是近旁的
漆黑都没能将他击中。
有那么一瞬，闪电已经
窜到他门口，
但也没能将他化为灰烬。
他总是在自言自语，
而脚步就是他的誓言。

朋友，请允许我提醒你，**诗人**
只是过了很久，
很久很久才最后死去，被

浸泡于蔚蓝中的一根刺，
酷似蜜蜂之火的一根刺杀死。

太阳之下，诗人被一朵玫瑰，
一根浸泡于
纯粹的蔚蓝和纯粹的光中的刺杀死。
从此以后，在弯曲的树叶中，
所有的夜莺，震惊于所发生的事件，
陷入沉默。
时光的夜莺，在我们珍稀的花园里，
在那一刻没有征兆、徒然显现的
光中，陷入沉默。

我不知道大地上还有
什么能激励它们
再一次歌唱。

火焰之歌

(1945—1957)

四行诗

我们生活在沉重的天下,
就像居住于深邃的海底。
任何痛苦达到一定程度,
都会转化为动人的歌唱。

天堂里的声音

来吧,让我们坐到树下。
上方依然是天空的世纪。
在真理的风中,
在苹果树硕大的阴影里,
我愿解开你的秀发,
任凭它朝向地球的边界
飘舞。

血中,什么语言我已关闭?
来吧,让我们坐到树下。
那里,无瑕的时钟
正同那条蛇双双嬉戏。
你是人,我是人。
身处光明,对于我们,
该是一种多么严厉的惩罚。

春　天

认识。爱。
一次又一次，一遍又一遍。
认识意味着冬季。
爱则是春天。

爱——从那么遥远的
地方来到我心里。
爱——从那么遥远的
地方来到你心里。

认识。爱。
鼓励你的，是哪条道路？
认识——什么意思？
爱——为何在花丛中
和草地上，你会害怕？

在花丛中和草地上
无瑕的激情
将我们投入无限，

伴随着再生蜜蜂嗡嗡的
叫声和如火的热忱。

一次又一次，一遍又一遍，
爱就是春天。

沉重女郎[1]

一切都是沉重,时间,脚步,
沉重的出发,沉重的歇息。
尘土和幽灵是沉重,
肩上的天空是沉重。
路的尽头将是
最大的沉重,沉重中的沉重。
沉重女郎在炉膛里歌唱,
让我和死神握手言和:
唯有灰烬,唯有灰烬
才比生命更加轻盈。

---

[1] 罗马尼亚语中,既有"雌性蟋蟀",又有"沉重"的意思。

所有的道路都通向

绿色的白昼。胡桃精灵。
所有的道路都通向
一个地方,那是风、
爱情和词语的天堂。
所有的道路都通向
火焰的星期四
通向当地的正午,
那里,激情在燃烧,
那里,泪水在歌唱。

季　节

在用珍稀的叶子写出的树下，
我们坐着，我和你，
透过春天的游戏，你看到
乳房的影子如何飘落。

一阵急迫涌上我的心头，
透过火焰的月份，我想看看
什么温暖而圆满的水果
在生长，为了实现梦和境遇。

独角兽听见了什么

(1957—1959)

独角兽听见了什么

在故事的世界里
信息的嗡鸣。

在大海的低语中
故乡的哭泣。

在真实的世界里
夏娃们的歌唱。

在时间的喧嚣中
虚无的声音。

在始源的回声里
人类的哀号。

诗　歌

一道闪电
在光中，仅仅
停留一瞬，从云朵
到渴慕的树
同它结合的一瞬。
诗歌同样如此。
独自在光中，
仅仅停留片刻：
从云，到树，
从我，到你。

诗　人

当我写出独特诗歌时，
我其实只是在移译。
我发现这实属正常。
唯其如此，诗歌才有完成的
根基，变成花朵的根基。
我总是在翻译。将心柔声细语
用它的语言
为我唱的歌曲
翻译成罗马尼亚语。

晦　涩

我的爱
是一篇歌词和一首曲子，
被歌曲覆盖的词，
我难以读懂的词。

我的爱
是一篇为我唱响的歌词，
我稍稍猜了猜歌词，
却一点儿也不明白。

歌声让我折服，
心儿却很沉重，
犹如石头，犹如大地，
我根本听不见歌词。

睡前歌

瞧黄昏,瞧星星。
只要望见它们,
事物就归我所有。

事物就归我所有。
我是它们的主人和君王。
睡眠让我失去了世界。

走过睡眠之桥时,
唯有梦为我留下,
还有深渊,还有深渊。

失　眠

（给伊昂）

我的灵魂一直醒着。
它在门廊看见星星。
它在万物中看到自我，
仿佛手执一面魔镜。

思想游走，低沉，如梦游
在岸上，在河畔。
为了让它停歇，让它入眠，
所有的湖泊都没长眼帘。

深处的镜子

当我在井中望着自己时,
我真的看到了生活中自己
现在、过去和未来的样子。

当我在井中望着自己时,
透过我苍老的脸,我猜测
天空和大地如何融为一体。

当我在井中望着自己时,
我明白大地深处,无数母亲
为我手执镜子,世界的眼睛。

当我在井中望着自己时,
我看到自己的命运,忘了名字。

思念中的思念

思念中最最深沉的
是思念中的思念。
它没有记忆,
也没有希望,思念中的思念。

思念中的思念带我们上路,
带我们上路,
那条路超越任何旅人,
还在不断绵延。

无尽的是思念中的思念,
在万事万物的山谷里吹拂着。

美丽女孩四行诗（组诗）

一

太阳落山时，
不会回头望一眼
城堡上的少女，于是，我自问：
我为何要与太阳不同？

二

一个美丽女孩
是一扇朝向天堂敞开的窗户。
有时，梦
比真理更加真实。

三

一个美丽女孩

是填满模具的陶土，
即将完成，呈现于台阶，
那里，传奇正在等候。

四

多么纯洁，一个女孩
投向光中的影子！
纯洁，犹如虚无，
世上唯一无瑕的事物。

五

一个美丽女孩
属于天上的生活，
天上的天上，
装点戒指的珍宝。

六

美诞生于美，你就这样

出现,没有任何预告,
就像《一千零一夜》中,
故事孕育故事。

七

一个美丽女孩
是一道轻如炊烟的倩影,
但当她走路时,脚跟
也能拽动土地和道路。

八

一个美丽女孩
是天边闪烁的幻景,
语言的金子,
天堂的泪水。

九

一个美丽女孩

恰似太阳，如此呈现：
古老的路上，新的奇迹，
从露珠里跃出的彩虹。

十

你，美丽女孩，将
梦的延续留给
我们的土地，传奇中
唯一真正的记忆。

运送灰烬的帆船

（1959）

诗　人

不要惊奇。诗人，所有的诗人属于
独立的民族，绵延不断，永不分离。
言说时，他们沉默。千百年来，生死交替。
歌唱着，依然效忠于一门早已失传的语言。

深深地，通过那些生生不息的种子，
他们常常来来往往，在心的道路上。
面对音和词，他们会疏远，会竞争。
而没有说出的一切同样会让他们如此。

他们沉默，如露水。如种子。如云朵。
如田野下流动的溪水，他们沉默着，
随后，伴随着夜莺的歌声，他们又
变成森林中的源泉，淙淙作响的源泉。

夜色中的城市

瞧,我们终于站在丘陵顶上的
石头前。夜色已浓
帝国在我们面前伸展。
仅凭低语,我们才相互理解。

下方——眼前,你觉察到的
那片区域就是城市,
在黑暗里,在记忆
和希望中,没有表情。

唯有光、火花和火的
嬉戏发出了一些示意:
你可用睫毛去触摸星星。
但恐惧几乎考验着我们。

万物中,什么已留存?仅仅
黑暗和信号。
不见城堡,也不见教堂。
银河在山谷中闪烁。

银河在山谷中闪烁,
比昨日更加贴近,
那时,它在我们的头顶,
处处可见,又无处可寻。

如果我迷失

如果我迷失在万物中,
如果我丢掉了名字,就像
羽毛,飞翔中,从金雕的翅膀上飘落,
我也不会在世上感到孤独。

如果我真的能穿越
一个声音,唯一的声音,那个
在我耳边,在我心间,抑制住激情的声音,
那么,我的边界将会消失。

如果我忘了自己是谁,为了另一道光
而背离自己,
肉身中,我的骨头将化为金子。
夜莺将会
躲避我的灵魂,就像躲避一个恶兆。

俄狄浦斯在斯芬克司面前

我在听。你的心底多么苦涩,多么荒凉,
同时,它必定又极度热烈,甜蜜。
在你四周,在海上,所有的生命消亡,
唯有尸骨密布的草地复活。

在此,我满怀惊恐的欢欣,期待着
我们之间,那漫长的沉寂会被打破,
会被撕碎,严厉,酸楚,犹如那挂在
寝室中的衬衣,在我们之间的黑暗中。

我还惊奇地看到,爪子不时地伸出
又缩回到天鹅绒袋子里,就像猫
窥视中,在内心和门槛上表现的那样。

你说话吗?这一问题让你头疼?
有一刻,大海的汹涌也搅扰着你,
但你依然在调整翅膀,为了将我杀死。

献给欧律狄刻的墓志铭

有人牵着你的手,欧律狄刻,
通过与世隔绝的幽暗
将你带到十分遥远的地方。
从此以后,你居住在我的
黑暗中,犹如星星居住在井里。
你无处可寻时,
便在我的心中。瞧,你是回忆,
唯一一次,生命战胜了
死亡和迷雾。

四行诗

不容易的还有那歌声。昼
与夜——世上的一切都不容易：
露是通宵歌唱的夜莺
因疲劳而流下的汗。

起点之歌

在起点,在源头,
所有的河流返回,
都会以白云的形象。
在起点,在源头,
所有的道路返回,
都会以思恋的形象。
哦,道路和河流,白云和思恋,
在起点,在源头,
当我返回时,我会以什么形象?
会是思恋,还是白云?

睡眠之歌

睡眠是愉悦的，在流淌的河边，
在看见一切，却无记忆的河边。
睡眠是愉悦的，它让你
忘记自己，就像忘记一个词。
睡眠是未来的
墓地投在我们身上的影子，
在无声的空间。
睡眠是愉悦的，愉悦的。

哀悼经

又一年，一天，一个时辰——
所有的道路消退，
从脚下，从步子下。
又一年，一梦，一场睡眠——
我将成为骨骼先生，
直挺挺地在地下沉睡。

崇高的燃烧

蜡烛在烛台上
静静地燃烧。
永恒的光
不断筛选出寓意。

多少余烬落在
炉灶,落在祭坛。
琥珀为神祇点燃,
爱神木为野蛮人燃烧。

橄榄油在提灯里
默默地燃烧,
既为了将临的生命,
也为了已至的死亡。

纵然光粉身碎骨
也要尽情歌唱,
我们会看到那歌声
怎样耗尽物质。

先辈们

先辈们降落至泥土,一轮又一轮,
当花园在我们内心生长的时刻。
他们想成为根,
让我们得以在地下绵延。

缓缓地,先辈们躺在石头之下,
当我们在光中等候的时刻,
当我们在炉灶旁分享幸福
以及痛苦和活水的时刻。

深夜,什么地方还有

深夜,什么地方还有
曾经的一切,不再的一切,
迁走的一切,失去的一切,
从活跃的时光,从缄默的时光。
冥河里流淌着逝去的一切,
所有的记忆自阴间
不断涌来。
冥河里流淌着逝去的一切,
四月和爱情。

神奇的种子
（1960）

在山地湖泊中间

我们在草地上歇息,内心
残存着疲倦,犹如灵魂。
在山地湖泊中间,我们静坐,凝望。
太阳已在西天的银辉中沉落。

透过水晶般的空气,
岩石,松树,山峦,万事万物,
恰恰那更为遥远的一切,
呈现出更加清晰的轮廓。

多么安宁!多么纯洁!
假如我能同湖泊一起眺望,
星星准会一步步靠近,
跑到半路上来将我们迎候。

图书在版编目（CIP）数据

深处的镜子:卢齐安·布拉加诗选／(罗)卢齐安·布拉加著;高兴译.—济南:山东文艺出版社,2018.8
(雅歌译丛／汪剑钊主编)
ISBN 978-7-5329-5643-2

Ⅰ.①深… Ⅱ.①卢… ②高… Ⅲ.①诗集—罗马尼亚—现代 Ⅳ.①I542.25

中国版本图书馆 CIP 数据核字(2018)第 098290 号

深处的镜子
卢齐安·布拉加诗选

〔罗〕卢齐安·布拉加 著 高兴 译

主管单位	山东出版传媒股份有限公司
出版发行	山东文艺出版社
社　　址	山东省济南市英雄山路 189 号
邮　　编	250002
网　　址	www.sdwypress.com

读者服务	0531-82098776（总编室）
	0531-82098775（市场营销部）
电子邮箱	sdwy@sdpress.com.cn

印　　刷	山东德州新华印务有限责任公司
开　　本	850mm×1168mm　1/32
印　　张	7　插页/4
字　　数	147 千
版　　次	2018 年 8 月第 1 版
印　　次	2018 年 8 月第 1 次印刷
书　　号	ISBN 978-7-5329-5643-2
定　　价	42.00 元

版权专有，侵权必究。如有图书质量问题，请与出版社联系调换。